UN COMBATE

PATRICK SÜSKIND

UN COMBATE

con ilustraciones de
SEMPÉ

Traducción del alemán por
ANA M.ª DE LA FUENTE

Seix Barral

Título original: *Ein Kampf*

© Diogenes Verlag AG Zürich, 1995, 2019
© por la traducción, Ana Mª de la Fuente
© Editorial Planeta, S. A., 1996, 2019
   Seix Barral, un sello editorial de Editorial Planeta, S. A.
   Avda. Diagonal, 662-664, 08034 Barcelona (España)
   www.seix-barral.es
   www.planetadelibros.com

Primera edición: noviembre de 2019
ISBN: 978-84-322-3574-0
Depósito legal: B. 22.816-2019
Composición: Moelmo, SCP
Impresión y encuadernación: Liberdúplex
Printed in Spain - Impreso en España

El papel utilizado para la impresión de este libro está calificado como **papel ecológico** y procede de bosques gestionados de manera **sostenible**.

Un atardecer de agosto, cuando la mayoría de la gente ya había abandonado el parque, en el quiosco situado en el ángulo noroeste del Jardin du Luxembourg dos hombres se hallaban sentados ante un tablero de ajedrez, rodeados de una docena de curiosos que seguían la partida con expectación; a pesar de que estaba ya próxima la hora del *apéritif*, nadie quería marcharse hasta que se hubiera decidido el combate.

El interés del pequeño grupo se centraba en el retador, un joven de pelo negro, tez pálida y ojos oscuros e indiferentes. No decía nada, mantenía el gesto impasible y sólo de tarde en tarde hacía girar entre los dedos un cigarrillo sin encender. Era, en suma, la estampa de la despreocupación. Nadie le conocía y nadie le había visto jugar. Y no obstante, desde el mo-

mento en que, pálido, altivo y silencioso, se había sentado ante el tablero y había empezado a colocar las piezas, los circunstantes habían percibido el poderoso influjo que partía de su persona, que te hacía sentir la certidumbre de estar delante de una personalidad extraordinaria de dotes geniales. Quizá era sólo el aspecto, a la vez atractivo e inaccesible del joven, su elegante indumentaria, su gallarda figura, quizá, el aplomo de sus ademanes, quizá, su aureola de misterio; lo cierto es que, antes de que cayera el primer peón, el público estaba seguro de encontrarse ante un ajedrecista de primera categoría que obraría el milagro que todos ansiaban en secreto y que consistía en vencer al *matador** local de ajedrez.

Éste, un antipático vejete de unos setenta años, era en todos los aspectos el polo opuesto de su joven contrincante: vestía el pantalón azul y la chaqueta de punto con manchas de comida

---

* En español, en el original. *(N. de la t.)*

que son el uniforme del jubilado francés; tenía las manos moteadas de manchas pardas, el pelo pobre, la nariz roja del bebedor y venitas moradas en la cara. En suma, carecía de aureola y, por si fuera poco, iba sin afeitar. Fumaba nerviosamente una colilla, se revolvía en la silla de hierro y movía la cabeza sin parar. Los presentes le conocían bien. Todos habían jugado contra él y todos habían sido derrotados, ya que, a pesar de que distaba mucho de ser un maestro, tenía la irritante y odiosa particularidad de no cometer ningún error. De él no se podía esperar una distracción. Para ganarle, había que jugar mejor. Y ese día se intuía que podía suceder precisamente esto: había llegado un nuevo maestro que venía a crucificar al viejo *matador* —¡qué digo crucificar!—, machacarlo, triturarlo, aplastarlo en el polvo para hacerle probar al fin la hiel de la derrota. ¡Así quedarían vengadas muchas humillaciones!

—¡Ten cuidado, Jean! —le decían durante la apertura—. ¡Esta vez te tocará sufrir! ¡Con éste

no podrás, Jean! ¡Waterloo, Jean, esto será tu Waterloo!

—*Eh bien, eh bien...* —respondió el viejo, balanceó la cabeza y avanzó su peón blanco con mano temblorosa.

Ahora jugaban las negras. En el corro se hizo el silencio. Nadie se atrevía a dirigir la palabra al desconocido. Todos le contemplaban con respetuosa atención. Él, sentado ante el tablero en silencio, sin apartar su mirada de superioridad de las piezas, hacía girar el cigarrillo apagado entre los dedos y jugaba con movimientos rápidos y decididos.

Las primeras jugadas siguieron la tónica habitual. Luego hubo dos intercambios de peones, y las negras quedaron con un peón delante de otro, posición que, en general, no se considera conveniente. No obstante, el desconocido había obrado deliberadamente, a fin de dejar vía libre a la dama. Al parecer, la misma finalidad tenía el subsiguiente sacrificio de un peón, una especie de gambito que las blancas aceptaron con escrúpulos y hasta con miedo. Los espectadores intercambiaban miradas significativas, asentían pensativos y observaban expectantes al desconocido.

Éste interrumpe un momento el movimiento rotatorio del cigarrillo, adelanta la mano... ¡y juega la dama! La adelanta, introduciéndola en las filas del contrincante, como si con su movimiento quisiera dividir el campo de batalla en dos mitades. Carraspeos de admiración entre la concurrencia. ¡Qué jugada! ¡Qué ímpetu! Sí, ya se veía venir que movería la dama... ¡Pero hacerla avanzar tanto de entrada! Ninguno de los presentes —y eran gente experta en el juego— se hubiera atrevido a hacer una jugada semejante. Pero eso es lo que distingue al verdadero maestro. Un maestro juega con originalidad, con audacia, con decisión, de modo distinto a las medianías. Un jugador del montón no tiene que comprender cada uno de los movimientos del maestro, porque... En realidad, nadie comprendía muy bien qué hacía allí

la dama. No amenazaba nada vital, sólo figuras que estaban protegidas. Pero pronto se descubriría el objetivo y significado de la jugada, porque el maestro tenía un plan, indiscutiblemente, no había más que ver su cara inmóvil, su mano firme y tranquila. Después de esta insólita jugada de dama, hasta el último de los espectadores estaba seguro de que sentado ante el tablero tenían a un genio excepcional. Jean, el viejo *matador*, no inspiraba sino una secreta conmiseración. ¿Qué podía oponer él a estos bríos? Ya lo conocían. Probablemente, trataría de salir adelante pasito a paso, con un juego precavido y conservador... Y, después de mucho dudar y meditar, en lugar de responder al largo movimiento de la dama con una jugada de similar amplitud, se comió un peón en H4 que había quedado desprotegido con el avance de la dama negra.

El joven no parece dar importancia a la pérdida de este otro peón. Sin pararse a reflexionar ni un segundo, desplaza su dama hacia la dere-

cha, atacando al corazón de las huestes enemigas, situándola en un punto desde el que amenaza simultáneamente un caballo y una torre y, además, se encuentra peligrosamente cerca del rey. Los ojos de los espectadores brillan de admiración. ¡Qué endiablado jugador! ¡Qué valor! «Un profesional —murmuran—, un maestro, un Sarasate del ajedrez!» Y esperan con impaciencia la respuesta de Jean; con impaciencia, para ver cómo reaccionan las negras.

Y Jean titubea. Piensa, se atormenta, se revuelve en la silla, sacude la cabeza... Es un martirio mirarle. ¡Pero mueve ya, Jean, mueve de una vez, no trates de demorar la ineluctable marcha de los acontecimientos!

Y Jean mueve. Con mano temblorosa, sitúa el caballo en una casilla en la que no sólo se sustrae a la amenaza de la dama, sino que la amenaza a su vez y, además, cubre la torre. Vaya, vaya. No está mal. ¿Qué otra cosa podía hacer, en tan apurada situación? Lo mismo hubiera hecho cualquiera de nosotros. «De nada

le servirá —musitan—. Las negras ya contaban con eso.»

Porque la mano del joven del pelo negro ya cruza el tablero rauda como un halcón, ase la dama y la retira... ¡No; no la retira cautamente como haríamos nosotros sino que la desplaza una sola casilla hacia la derecha! ¡Increíble! Los espectadores están tensos de admiración. En realidad, nadie comprende qué objeto tiene este movimiento, porque la dama se ha quedado en el extremo del tablero, sin amenazar nada ni cubrir nada, sin finalidad alguna —pero ¡qué bella está, qué fabulosamente bella, nunca había estado tan bella una dama, solitaria y altiva entre las filas del enemigo...! Tampoco Jean comprende qué pretende con este movimiento su inquietante adversario, a qué trampa intenta atraerlo, y tras mucho meditar y con remordimiento de conciencia, se decide a capturar otro peón desprotegido. Ahora, según las cuentas de los espectadores, Jean tiene tres peones más que el desconocido. ¡Pero eso qué importa! ¿Qué sig-

Sempé.

la dama con el peón y dice, en tono de disculpa, casi como el que ruega que no se le obligue a cometer esta acción. «Si usted me la cede, monsieur... no tengo más remedio...» y lanza una mirada contrita a su adversario. Éste, imperturbable, no contesta. Y el viejo, compungido y penitente, se come la dama.

Al instante, el alfil negro da jaque. ¡Jaque al rey blanco! El enternecimiento de los espectadores se trueca en entusiasmo. Ya está olvidada la pérdida de la dama. Como un solo hombre, apoyan al joven retador y a su alfil. ¡Jaque al rey! ¡Así hubieran jugado ellos! ¡Mismamente así y de ninguna otra manera! ¡Jaque! El frío análisis de la situación les haría comprender, desde luego, que las blancas tienen multitud de posibilidades de defensa, pero esto ya a nadie interesa. Ya nadie quiere analizar fríamente, sólo desean presenciar gestas brillantes, ataques geniales y soberbios ardides que liquiden al adversario. La partida —esta partida— no tiene para ellos más interés ni finalidad que los de

ver al joven desconocido triunfante y al viejo *matador* aniquilado.

Jean duda y reflexiona. Sabe que ahora nadie daría por él ni un *sou*. Pero no se explica por qué. No comprende que los otros —que son expertos jugadores— no adviertan su ventaja. Él conserva la dama y tiene tres peones más que su contrincante. ¿Cómo pueden creer que vaya a perder? ¡No puede perder esta partida! ¿O sí? ¿Estará equivocado? ¿Se habrá distraído? ¿Ven los demás algo que se le escapa? Vacila, inseguro. Quizá ya esté tendida la trampa mortal en la que caerá a la siguiente jugada. ¿Dónde está la trampa? Tiene que evitarla. Tiene que zafarse. En cualquier caso, venderá cara su vida...

Aferrándose a las reglas, más preocupado, titubeante y temeroso que nunca, Jean medita, recapacita y se decide a situar un caballo entre el rey y el alfil, de manera que el alfil negro quede amenazado por la dama blanca.

La respuesta de las negras no se hace esperar. En lugar de renunciar al ataque que ha

sido detenido, trae refuerzos: su caballo cubre el alfil amenazado. El público se alboroza. Y ahora empieza un toma y daca: las blancas acuden en ayuda con un alfil, las negras adelantan una torre, las blancas traen el segundo caballo. Ambas partes concentran sus fuerzas en torno a la casilla del alfil negro, la casilla desde la que, de todos modos, el alfil nada podría hacer, se ha convertido en centro de la contienda. ¿Por qué? Eso nadie lo sabe. Las negras así lo han querido. Y cada movimiento con el que las negras prosiguen la escalada y acercan otra pieza es saludada por el público con un verdadero clamor, mientras cada jugada con la que las blancas se defienden precariamente se recibe con un murmullo displicente. Entonces, nuevamente contra todas las reglas del arte, las negras inician una mortífera contradanza de intercambio de piezas. El jugador que se halla en inferioridad de fuerzas —así reza el manual— difícilmente saldrá con bien de una carnicería semejan-

te. A pesar de todo, las negras la inician, y el público las aclama. Nunca se ha visto tal degollina.

Las negras aniquilan sin miramientos cuanto se pone a su alcance, sin reparar en sus propias bajas. Caen uno tras otro los peones, caen, entre el júbilo del entendido público, caballos, torres y alfiles...

Al cabo de siete u ocho jugadas, el tablero ha quedado devastado. El balance de la batalla parece catastrófico para las negras. Sólo tres piezas quedan en pie: además del rey, una torre y un único peón. Las blancas, por el contrario, han salvado de la hecatombe, además del rey y una torre, la dama y cuatro peones. Un observador experto ya no puede abrigar la menor duda acerca de quién va a ganar la partida. Y en realidad... nadie duda. Porque —no hay más que ver las caras enardecidas de los espectadores— aun a la vista del desastre, todos siguen convencidos de que su hombre ganará. Todavía apostarían por él cualquier suma y rechazarían con

indignación la sola insinuación de una posibilidad de derrota.

También el joven parece ajeno a su catastrófica situación. Le toca jugar. Tranquilamente, mueve la torre una casilla hacia la derecha. Otra vez se ha hecho el silencio en el corro. Y a estos hombres hechos y derechos se les saltan las lágrimas de fervor ante este jugador portentoso. Es como el final de la batalla de Waterloo, cuando el Emperador lanza a la batalla, ya perdida, a su guardia personal: ¡las negras contraatacan de nuevo con su último oficial!

Y es que las blancas tienen el rey en la casilla G1 de la primera línea. Delante, en la segunda línea, hay tres peones, de modo que el rey se encuentra encerrado y, por lo tanto, estaría perdido si las negras, tal como evidentemente se proponen, consiguen avanzar con la torre hasta la primera línea.

Pero esta posibilidad de dar mate es la más conocida y banal, casi podríamos decir que la más infantil de las que ofrece el ajedrez, ya que

su éxito depende de que el contrincante no advierta el peligro ni tome medidas, la más eficaz de las cuales consiste en abrir la fila de los peones a fin de facilitar una vía de escape al rey; tratar de dar mate con este truco de prestidigitador a un jugador experto o incluso a un principiante avanzado es una frivolidad. No obstante, el enfervorizado público admira la jugada de su héroe como si la viera hoy por primera vez. Mueven la cabeza con un asombro sin límites. Desde luego, todos saben que las blancas tienen que cometer ahora un error garrafal para que las negras ganen. Pero confían en que así será. Creen realmente que Jean, el *matador* local que los ha derrotado a todos, que nunca se permite una distracción, cometerá este error de principiante. Y, lo que es más: lo están deseando. Les entusiasmaría. En su interior, piden a todos los santos que Jean cometa este error... Y Jean medita. Mueve la cabeza con gravedad, sopesa las posibilidades como tiene por costumbre, vacila... y su mano

temblorosa y moteada avanza y mueve el peón de G2 a G3.

El reloj de la torre de Saint-Sulpice da las ocho. Hace rato que los otros ajedrecistas del Jardin du Luxembourg se han ido a tomar su *apéritif* y que el hombre que alquila los tableros del tres en raya ha cerrado el puesto. En el quiosco sólo queda el grupo de espectadores que forman corro alrededor de los dos jugadores y que ahora miran con grandes ojos vacunos el tablero donde un peoncito blanco ha sellado la derrota del rey negro. Y no quieren creerlo. Sus miradas van del deprimente escenario del campo de batalla al general, pálido, indiferente y guapo que está inmóvil en su silla de hierro. «Tú no has perdido —dicen sus ojos—. Ahora harás un milagro. Lo has visto venir desde el principio, tú has provocado esta situación. Ahora aniquilarás al adversario, cómo, no lo sabemos, saber no sabemos nada, porque somos unos jugadores mediocres, pero tú, genio, tú puedes hacerlo, tú lo harás. ¡No nos defraudes! Con-

fiamos en ti. ¡Haz el milagro, genio, haz el milagro y gana!»

El joven callaba. Luego, con la yema del pulgar, hizo girar el cigarrillo hasta la punta del índice y el mayor, y se lo llevó a los labios. Lo encendió, aspiró y echó el humo sobre el tablero. Su mano atravesó la nube de humo, planeó un momento sobre el rey negro y lo derribó.

Este gesto de derribar con la mano el propio rey para reconocer la derrota no puede ser más ordinario ni antipático. Es como destruir *a posteriori* toda la partida. Y el sonido que hace el rey al caer en el tablero es muy desabrido. Al jugador de ajedrez le repercute en el corazón.

El joven, después de derribar despectivamente al rey con un dedo, se levantó y, sin dignarse mirar al contrincante ni al público, se fue sin despedirse.

Los espectadores, cabizbajos y abochornados, miraban el tablero con estupor. Al cabo de un

rato, hubo quien carraspeó, quien arrastró la suela del zapato, quien encendió un cigarrillo... ¿Qué hora es? ¿Ya las ocho y cuarto? ¡Dios mío, qué tarde! ¡Adiós! *Salut, Jean!* Daban una excusa y se alejaban rápidamente.

El *matador* local se quedó solo. Levantó el rey derribado y empezó a guardar las figuras en una caja, primero, las capturadas; después, las que habían quedado en el tablero. Mientras tanto, según su costumbre, repasaba mentalmente cada jugada y situación. No había cometido ni un solo error, por supuesto. Y, no obstante, le parecía que nunca había jugado peor. En realidad, hubiera debido dar mate a su adversario en la fase inicial. Quien hiciera una jugada tan lastimosa como aquel gambito de dama demostraba ser un ignorante del ajedrez. A estos principiantes Jean solía liquidarlos, con más o menos benevolencia, según el humor, pero con soltura y sin vacilar. Evidentemente, esta vez le había faltado visión para descubrir la debilidad del adversario. ¿O, simplemente, le ha-

bía faltado valor? ¿No se había atrevido a tratar sin contemplaciones a aquel fantasma, tal como se merecía?

No; era algo peor. No había *querido* imaginar que el adversario fuera tan malo. Y, lo que era todavía más triste, casi hasta el final no había querido creer que él pudiera medirse con el desconocido, cuya autosuficiencia, genialidad y juvenil ímpetu le parecían imposibles de superar. Por eso había jugado con tanta precaución. Y, por si fuera poco, Jean tenía que reconocer que él había admirado al desconocido tanto como los otros y había deseado que el otro le ganara, que le infligiera la sonada derrota que desde hacía años estaba cansado de esperar, que lo derrotara al fin, para verse libre de la carga de ser el campeón y tener que vencer a todo el mundo, para que los detestables mirones, ese hatajo de envidiosos, estuvieran contentos y él pudiera tener tranquilidad...

Pero había vuelto a ganar, naturalmente. Y esta victoria era la más amarga de su vida, porque, para evitarla, durante toda la partida había conspirado contra sí mismo, se había rebajado, había rendido armas al fulero más lastimoso del mundo.

Jean, el *matador* local, no era dado a elucubraciones morales. Pero, mientras se encaminaba a casa con el tablero debajo del brazo y la caja de las figuras en la mano, una cosa tenía clara: que hoy, en realidad, había sufrido una derrota, y una derrota terrible y definitiva, porque no había posibilidad de revancha y porque ni la mayor de las victorias podría compensarla. Por ello, decidió —pese a que tampoco era hombre de grandes decisiones—, decidió no volver a jugar al ajedrez.

En adelante jugaría, como todos los jubilados, a la petanca, que es un juego inofensivo y amigable, con mucha menos carga psicológica.

Referencias de las imágenes

Las ilustraciones están tomadas, con el amable permiso
de Jean-Jacques Sempé, de los siguientes libros,
publicados originalmente en francés:

Cubierta y páginas 27, 45 y 61, *Vaguement compétitif.*
Páginas 7, 16-17, 18-19, 22-23, 30-31, 34-35, 50-51,
62-63 y 72: *Un peu de Paris.*
Páginas 12-13: *Multiples intentions.*
Página 25: *Un peu de la France.*
Páginas 28, 54, 65 y 67: *Insondables mystères.*
Páginas 37 y 46-47: *Sentiments distingués.*
Páginas 39 y 42-43: *Sempé à New York.*
Páginas 40-41, 53, 59, 70-71 y 80: *Sincères amitiés.*
Páginas 56-57: *Bourrasques et accalmies.*
Página 69: *Voilà.*
Página 79: *Âmes sœurs.*

nifica esta superioridad numérica ante un contrincante que se rige por la estrategia, que no piensa en términos de piezas sino de posición, desarrollo y ataque repentino y fulminante? ¡Cuidado, Jean! ¡Mientras persigues peones, puedes perder el rey!

Ahora juegan las negras. El desconocido está tranquilo y hace girar el cigarrillo entre los dedos. Ahora medita la jugada un poco más, quizá uno o dos minutos. Silencio. Los espectadores no se atreven a cuchichear, apenas si miran el tablero, todos están pendientes del joven, observan sus manos, su cara pálida. ¿No asoma ya una leve sonrisa de triunfo a las comisuras de sus labios? ¿No dilata ligeramente las fosas nasales en ese gesto precursor de las grandes decisiones? ¿Cuál será su siguiente movimiento? ¿Qué golpe demoledor prepara el maestro?

El cigarrillo deja de girar, el desconocido se inclina hacia delante, una docena de pares de ojos siguen su mano. ¿Qué va a hacer? ¿Qué va a hacer ahora? Captura el peón G7. ¡Quién lo iba a decir, peón G7 sobre... G6!

Sigue un segundo de quietud total. Hasta el viejo Jean deja de temblar y agitarse. ¡Y a punto está el público de estallar en gritos de júbilo! Los circunstantes respiran y se dan codazos. ¿Has visto?

¡Qué bandido! *Ça alors!* ¡Deja que la dama haga de dama y, sencillamente, retira el peón a G6! De este modo, naturalmente, G7 queda libre para el alfil, esto es evidente y a la segunda jugada da mate y entonces... ¿Y entonces? ¿Entonces? Pues entonces... entonces Jean estará aviado en un periquete, de eso no te quepa duda. ¡Mírale cómo se devana los sesos!

Efectivamente, Jean piensa intensamente. Piensa y no acaba. ¡Este hombre es desesperante! A veces extiende la mano... para retirarla enseguida. ¡Anda ya! ¡Juega de una vez, Jean! ¡Queremos ver jugar al maestro!

Por fin, al cabo de cinco larguísimos minutos, cuando la gente ya empieza a restregar el

suelo con los pies, de la impaciencia, Jean se decide a jugar. Ataca a la dama negra. Con un peón, ataca a la dama negra. Con este tímido movimiento, pretende escapar a su destino. ¡Qué ingenuo! El desconocido no tiene más que hacer retroceder la dama dos casillas y en paz. ¡Estás listo, Jean! No se te ocurre nada más, estás acabado.

Entonces el desconocido toma... Ya lo ves, Jean, no necesita pensarlo mucho; ahora te lloverán los golpes. Juegan las negras... Y todos se quedan con el alma en vilo, porque las negras, contra toda prudencia, *no* retiran la dama para salvarla del ridículo ataque del peón sino que siguen el plan trazado de antemano y sitúan el alfil en G7.

Los espectadores están atónitos. Dan medio paso atrás, intimidados y miran al desconocido estupefactos: ¡Sacrifica la dama y sitúa el alfil en G7! Y deliberadamente, con gesto impasible, tranquilo, sereno, pálido, bien rasurado y guapo. Les escuecen los ojos y se les

Sempé.

encoge el corazón. Este muchacho juega como les gustaría jugar a ellos, pero no se atreven. No comprenden por qué juega como juega, y les es igual, incluso intuyen que juega con una temeridad suicida. Pero les gustaría jugar como él: magnífica, confiada, napoleónicamente. No como Jean, cuya táctica timorata y titubeante comprenden, ya que así juegan ellos, sólo que peor; el juego de Jean es sensato. Es ordenado, convencional y de una insipidez desesperante. El desconocido, por el

contrario, con cada movimiento desencadena la admiración. Sacrifica la dama sólo para situar el alfil en G7. ¿Dónde se ha visto cosa semejante? Están vivamente conmovidos por la acción. Ahora puede hacer lo que le venga en gana, que ellos le seguirán paso a paso hasta el fin, sea éste glorioso o amargo. Es su héroe y le quieren.

Y hasta Jean, el contrincante, el jugador prudente, vacila tímidamente ante el héroe esplendoroso, cuando, con mano temblorosa, se cobra